くろグミ団は名探偵 S博士を追え！

ユリアン・プレス 作・絵
大社玲子 訳

岩波書店

文学の小径をともに散歩し、
友情をわかちあった
すばらしい仲間フーベルトに

FINDE DEN TÄTER
JAGD AUF DR. STRUPPEK
by Julian Press
Copyright © 2011 by cbj Verlag, München
a division of
Verlagsgruppe Random House GmbH, München, Germany.

First published 2011 by cbj Verlag, München
a division of
Verlagsgruppe Random House GmbH, München, Germany.

This Japanese edition published 2018
by Iwanami Shoten, Publishers, Tokyo
by arrangement with cbj Verlag, München
a division of Verlagsgruppe Random House GmbH, München, Germany
through Meike Marx Literary Agency, Japan.

はじめに

　なかよしのフィリップ、フロー、カーロの3人は、いつも学校の帰り道に、ハト通り23番地のおかし屋によるのを楽しみにしています。お目当ては、甘草味のくろいグミ(ラクリッツ)。
　おかし屋の店主レオさんは、カーロのおじさんです。レオさんの弟のラース警部もよく来ますが、やっぱりくろいグミが大好き。
　でも、あまいおかしより、みんながもっと夢中になるものがありました。それは、なぞの事件です。
　5人は探偵グループ「くろグミ団」を結成しました。本部はレオさんの店の屋根裏。そこは、ハト通りにちなんで「ハトの心臓」と名づけられました。
　くろグミ団は、すでにいくつかの事件を解決にみちびいていて、その腕前は評判になっていました。

くろグミ団のなかまたち

フィリップ

いつもオウムのココをつれていて、鳥の鳴き声を聞き分けられる。根気強く、総合的な判断力にすぐれている。

カーロ

本名はカロライン。スポーツ万能で、電光石火のひらめきと、するどい勘の持ち主。

フロー

本名はフロレンティン。からだは小さいけれど、ばつぐんの観察力をほこる。

レオさん

おかし屋の店主。探偵団のリーダー格。

ラース警部

本職の刑事。コンピューターにつよい。

もくじ

ビーチ荒らしの赤カレイ

6

フクロウ沼城の幽霊

34

S博士を追え！

66

宿屋・ブルーライト館

96

ビーチ荒らしの赤カレイ

1 真昼の盗難

「とにかく、あっというまのことだったらしいですよ！」海水浴場の監視員が、くろグミ団に助けをもとめにきていいました。「あれからまだ20分もたっていません。水玉もようの服を着たご婦人が走ってきて、黒い縞のビーチバッグをつきだしてね、そのバッグから、たったいま、カメラが1台ぬすまれたっていうんです」

監視員は、いらいらしたようすで周囲を見まわしました。
「あんた方から直接、被害者本人に話をきいてもらうのがいちばんですけどね。ただ、どこかへ行ってしまったかもしれませんなあ……」

「いいえ、まだすぐ近くにいますよ！　あの人がそうでしょ？」人ごみを見わたしていたフローが、それらしき人に気づいていいました。

「じゃ、もたもたしてないで、すぐに行こうよ！」と、フィリップが元気よくいいました。

問題▶▶フローは、被害者の婦人が、どこにいると
　　　気づいたのでしょう？

6-7

2　海辺の遊歩道

　その人は、23番のビーチチェアにすわって、監視員のいったとおり、黒い縞のビーチバッグを持っていました。まちがいなく盗難の被害者です。フローは、フィリップとカーロといっしょに、すぐさまかけつけました。婦人はショックのあまり、くろグミ団の子どもたちが事件のいきさつをたずねても、まともに話すことができませんでした。
　「でも、ほんとうなの。海水浴客でいっぱいの、このビーチでぬすまれたのよ。まちがいないわ」と、婦人。そのとき、カメラを首からさげた男の人が声をかけてきました。

　「ひょっとすると、わたしがお役に立てるかもしれません」そういうと、男の人は若い探偵たちにカメラの画面を見せました。「わたしのカメラが、盗難の決定的瞬間をとらえていたのです！」
　「なるほど、どろぼうがバッチリ写ってますねぇ！　ズボンの部分だけですけど」ニヤニヤ笑いをかみ殺しながら、フィリップがいいました。
　「これが最初の手がかりだ」フローは、その足もとに写っている、ぶちの子犬に目をとめました。「この犬が、ぼくたちのつぎのステップを助けてくれるかもしれないよ」
　「犯人の犬なのかなあ？」と、フィリップ。
　そのときとつぜん、遊歩道のほうを見ていたカーロが、フィリップの腕をつかんでゆすりました。
　「ね、見て、あそこ！　ぐうぜんじゃないわよね」

問題▶▶カーロは、なにに気づいたのでしょう？

3　熱い太陽の下で

「あれ、写真の犬じゃない？」カーロは、「カフェ・金のいかり亭」のテーブルの下を指さしました。

くろグミ団は、すぐに遊歩道へかけだしました。けれども、カフェのテラスについたときには、犬もその飼い主のすがたも、すでに消えていました。

「きっと、警戒心の強い犬なんだ」と、フロー。

「ついてないわ。飼い主の顔、新聞にかくれていて、ぜんぜん見えなかった」と、カーロがくやしがりました。

「だけど、よく見つけたね。きっと犯人の犬だよ！」と、フローがはげましたとき、カーロがさけびました。

「ほら、むこうを見て！」

男と犬が、ちょうど、せまい横丁を大またで走っていくところでした。くろグミ団は、大いそぎであとを追いかけました。

横丁をぬけると、広い砂浜に出ました。海水浴客たちが、思い思いに自分専用の砂のお城をきずき、一国一城の主の気分をたのしんでいます。

「ここで、さっきの男を見つけられるかな？」と、フローが心配そうにつぶやきました。探偵たちはそれぞれ、目をこらしました。

しばらくすると、フィリップがなにかに気づき、急に息をとめました。

「いっしょにきて。あそこに、白と黒の……」そういうと、人ごみをかきわけていきました。

問題▶▶フィリップは、なにを見つけたのでしょう？

4　風にさからって

　フィリップは「赤カレイ」という文字のあるお城の入口で、あるものを発見したのです。それは、男がはいていた、白と黒のヨット用のくつでした。
「赤カレイなんて、ちょっと変わってるな」
「あの男がここにきたのは、たしかね。くつのほかにはふくろと、ビーチパラソル、タオルが2枚！」カーロがいいました。
　けれども、問題の男と犬は、どこへ行ったのでしょう？　これからどうやってさがせばよいのでしょう？　そのとき、とつぜん悲鳴があがりました。
「行こう！　なにか起きたにちがいない！」と、フィリップがフローとカーロをせきたてました。
　探偵たちはかけながら、風にのって聞こえてくる言葉をキャッチし、今度はだれかのモーターボートがぬすまれたことを知りました。
　船乗り風のおじいさんが、興奮してくろグミ団にしゃべりかけてきました。
「そいつは大きな音をたてて、ぶっとばして行ったよ！　とつぜんだったからな、ボートの名前は見えなかったけど、舳先に白い旗がはためいていたな」おじいさんは、ステッキで浜辺のずっと先に見える港をさし示しました。
　婦人のカメラをぬすんだ男がボートで逃げたにちがいありません。3人はむかい風のなか、海ぞいの小道を全速力で走りました。そして30分後、岩礁が海岸線ぎりぎりまでせまっている港に到着しました。
「人っこひとり、いないや」港を見おろして、フローがいいました。
「ほんとね」と、カーロ。「でも、どろぼうは、もうここに着いてるわ。それに、ぬすまれたボートの名前もわかった」

問題▶▶そのボートは、なんという名前でしょう？

5　モーターボートの手がかり

「来て、あそこよ」カーロが先に立って船着場へおりていきました。乗り捨てられた白い旗のプルート号は、ほかのボートにまじって、つながれていました。

「なあんだ、どろぼうのやつ、とっくにどっかに行っちゃったな！」

そこで、くろグミ団は、ボートを点検しました。

「救助用の浮き輪に、浮標、それからオール、船舶用ロープ、ガソリン缶。船具ばっかり！」と、カーロが不満そうにいいました。

「空ぶりってことか！　どろぼうの手がかりになるようなものはないね」と、フィリップはため息をつきました。

「待って！　落としものがひとつあるよ」フローはそういって、フィリップとカーロの注意を、ある変わったものにむけさせました。

問題▶▶フローは、なにを発見したのでしょう？

6　古びた船長帽

「あれ、海泡石のパイプじゃない？　こわれてるけど、人の顔が彫ってあるよ」フローは、ロープのあいだに見えている、ふたつに割れたパイプを指さしました。

フローがボートに飛びうつろうとしたちょうどそのとき、オウムのココが、キーキーとしわがれ声をあげました。

「ココ、どうしたんだ？」と、フィリップ。すると忠実な相棒は、空中からボートのむこうがわに急降下して、なにかをくわえて飛んできました。それは、古い船長帽でした。海水がしみこんでいます。

「それ、どろぼうのかな？」フローの目が光りました。

「きっと、強い風が幸運をつれてきたんだわ！」帽子を点検したカーロが、声をあげました。「ちょっと見て、ここ。内がわに、なんかかいてある！」

「"O. W."」と、フローが色あせた文字を判読しました。

「もしかしてその帽子、あそこに関係ある人のものって可能性はないかい？」フィリップが港町のほうを見ながらいいました。

問題▶▶フィリップは、なにをほのめかしたのでしょう？

16 - 17

7　おみやげはいかが？

　フィリップの目線は、「O. W. みやげ物店オットー・ヴォルパース」という看板にむけられていました。
「よし、ちょっと、しらべてみようよ！」フローがかけだしました。
　3人の探偵たちは、店の前で、ショーウィンドウのガラスに鼻を押しつけました。
「観光客目当ての安物ばっかり！」フィリップが、がっかりしてつぶやきました。

　「でも、もしこの店で顔のついたパイプを売っていたら……ぬすまれたプルート号ともつながるんじゃない？」と、フローがいいました。
　すると、「あった！　フローのいうとおりかも！」と、カーロ。
「ほら、ここに、さっきのパイプとそっくりなのがあるわ！」

問題▶▶パイプは、どこにあるでしょう？

18-19

8　海辺や海中の生物

　カーロは、ショーウィンドウのむかって右の手前に、人の顔がついたパイプを見つけたのです。
　「実際にあのボートをぬすんだのは、オットー・ヴォルパースだと思う？」と、フローが問いかけました。
　「それを、これからさぐるのよ」と、カーロは答えました。
　くろグミ団の子どもたちは、みやげ物店にはいりました。すると、店主のオットー・ヴォルパースその人が、カウンターごしに3人をじろりと見て、声をかけてきました。
　「なにをおさがしですかな？」
　「わたしたち、ちょっと海泡石のパイプを見たいんです。あなたの……」カーロはそういいかけて、口ごもりました。急に、視線がするどくなるのを感じたのです。
　フィリップが機転をきかせて、助け船をだしました。
　「ぼくたち、こちらの郷土ミュージアムを見たいんです！　生物の勉強って、百聞は一見にしかずですから」
　カウンターの下に貼ってある案内のポスターが目にはいったのです。緊張した空気がすこしやわらいで、カーロはほっとしました。
　探偵たちは、「海辺や海中の生物たち」という小部屋に足をふみいれ、標本や、はく製にされた動物のならぶガラスのショーケースを見てまわりました。するとフローが、ためらうことなくいいました。
　「ああ、あのおじさんは、海の生物について、なんの知識も持っちゃいないね！　まったくふさわしくないものが3つもある」

問題▶▶フローは、どれのことをいったのでしょう？

9 赤カレイ――連絡たのむぞ！

「海辺には、キツツキもいなければ、リスも、ミミズクもいないからね。でたらめもいいとこだ！」フローはうす笑いをうかべました。

いっきにしらけてしまった３人は、出口へむかいました。そのとき、急に足がとまりました。はからずも、オットー・ヴォルパースが電話で話している声が聞こえたのです。

「こちら赤カレイ――連絡たのむぞ。よく注意しろ！　灯台の明かり……」

そこで受話器がおかれました。思っていたよりも早く、子どもたちがもどってきたからです。

「あんた方の生物の勉強とやらは、ずいぶんとあっさりしたもんなんだねえ」ヴォルパースは、皮肉たっぷりにいいました。

「ええ、ぼくたち、もうじゅうぶん見ました！」フィリップはきっぱりと答えて、すぐにみやげ物店を立ちさるよう、なかまたちに合図をしました。

「あの男が電話で話してたのは、なんのことだろう？」店を出て、ヴォルパースの目のとどかないところまで退散してから、フローがいいました。

「でも、あいつ、赤カレイっていったよね。ということは……」と、フィリップ。

「手がかりは灯台の明かりね」カーロは地図をひろげました。灯台は全部で９か所あります。「どれのことかしら」

「うん、みんな動いてるね……１か所をのぞいて！」と、フィリップ。

「さすが！」と、カーロ。「その灯台がだんぜんあやしいわね」

問題▶▶フィリップは、どの灯台に注目したのでしょう？

10　大きなえもの

　くろグミ団は、ただちに「ホテル・ニシン」にむかいました。もともとは灯台だったのですが、まわりを背の高い建物にかこまれてしまったため、改装されて、いまはホテルになっていたのです。

　建物のなかをながめていると、とつぜん「カウンターのうしろにかくれて！」と、フィリップがいいました。オットー・ヴォルパースが、ホテルにむかってくるのが見えたのです。

　ヴォルパースは大きなふくろを背負って、フーフーとあえぎながら、ホテルの階段をのぼっていきました。

　「あのふくろの中身、なんだと思う？」と、カーロ。

　2階でドアのしまる音がしました。探偵たちは階段をかけあがり、ドアの外から聞き耳を立てました。すると、もれ聞こえてくる会話から、運びこまれたのはなんと、海水浴客からぬすんだものだということがわかりました。

　「つながったぞ！」と、フロー。その瞬間、ドアがさっと開きました。

　「おい、なにしてるんだ！」ヴォルパースがどなりました。そして、そこにいるのがさっきまで自分の店をうろついていた子どもたちだとわかると、いっそうけわしい目つきになりました。

　「ビーチ荒らしは、もう終わりですよ！」と、フィリップがいい放ちました。

　「なんの話だ？」男はわけがわからんというふうに、肩をすくめました。

　「それは、あなたのほうがよくご存じのはずです」と、カーロ。「たとえば、きょう、あなたはカメラをぬすみました！」

　「でたらめいうのは、おやめ！」部屋にいた女性が、とげとげしくいいました。「カメラなんて持っていませんよ！」

　「うそだ！　カメラはあそこにある」と、フローが小声でいいました。

　問題▶▶カメラは、どこにあったでしょう？

11　海岸の落としもの

　探偵たちは、手荒に階段へと追いだされました。
　「ねえ、さっきのどろぼうの巣を見た？」フローは、証拠をつきとめたことを確信していいました。「カメラは、ベッドの上のごちゃごちゃにまじって、まくらのほうにあったよ」
　「2人は、きっといまごろ、あわを食ってるね」と、フィリップ。

　くろグミ団は、ホテル・ニシンの前で、ひとまずレオさんとラース警部に通報しました。そのとき、どろぼうカップルが、鉄の裏階段をかけおりる音が響きました。レオさんとラース警部が到着するまえに、逃げられてはたいへんです。
　「ぜったいに目をはなしちゃだめよ」と、カーロ。
　2人はえものを全部ひっさげて、海のほうにむかって走っていきます。
　くろグミ団は、あとを追いました。ところが、海岸に着いたところで、とつぜんどろぼうカップルのすがたが消えました。足あとのかわりに、見えるのはごみばかりです。
　「あの人たち、蒸発しちゃったの？」と、カーロがふしぎがりました。
　「そんなこと、ありえない。もっとよく探してみようよ！」と、フロー。
　「ちがう、あっちだ！」フィリップが、べつの方角を指さしました。「れっきとした証拠があるよ」

問題▶▶フィリップは、なにに気づいたのでしょう？

12　はなれたどろぼうたち

「これ、本物のルビーかもしれないぞ！」フィリップは目をかがやかせて、赤いネックレスを手にとりました。それは、「立入り禁止」の立て札から左へすこしはなれたところに落ちていました。

「まちがいないわね。ヴォルパースたちがいま、ここで落としてったのよ！」カーロが同意しました。

3人は、長くのびた砂浜へとむかいました。すると、むこうのほうに、モーターボートに盗品を積みこんでいるどろぼうカップルが見えました。

くろグミ団に気づいたヴォルパースは、ボートに飛びのり、モーターのエンジンをかけました。女のほうは、さいごのふくろをとりに浜へ引きかえしました。ところがそのとき、ヴォルパースがボートを急発進させたのです。

海へ出ていくボートをぼうぜんと見おくる共犯者。くろグミ団の登場というダブルパンチに、女は大あわてで、さいごのふくろを守ろうと身をかくしました。でもフローは、女がどこにかくれたかを見やぶっていました。

問題▶▶女は、どこにかくれたのでしょう？

28-29

13　潮をまつ

「よかった、応援が来たぞ！」フィリップがほっとして、近づいてくるラース警部とレオさんに合図をしました。

「あそこに共犯者がいます！」すかさずフローがさけびました。

女は、「トーゴ」と書かれたボートの下に身をかくしたままでした。ラース警部とレオさんは女をつかまえ、同時に、盗品のはいったふくろも押収しました。けれども、主犯のヴォルパースはゆくえをくらましてしまいました。

「やつは、ゆうゆうとボートでわたっていった」フィリップは、対岸を指さしました。満潮の時間はとうにすぎており、潮が引きはじめています。

「この海岸の近くは、水深の見当がつかない。もし浅瀬を歩けるまで待つとしたら、ちぇっ！　どれだけかかるんだ」と、フローが腹だたしげにいいました。

「そうねえ。潮が完全に引くまでには、たぶん3時間ぐらい待たなくちゃならないわ」と、カーロが答えました。

問題▶▶カーロはなにを見て、そういったのでしょう？

14 漁場で

　カーロの注意は、ボートがつないである浮標にむけられていました。海の潮は、1日4回、ほぼ6時間ごとに満ちたり引いたりします。浮標は水中に垂直に立っていて、まだまだ水深が深いことがわかりました。

　そのとき、ぐうぜん、モーターボートが通りかかりました。

　「グッドタイミング！　おーい、すみませーん！」フィリップが呼びかけると、親切なモーターボートの操縦士は、フィリップとフローとカーロを対岸まで乗せていってくれました。

　探偵たちは、さっそく小さな漁場を捜索しました。

　「わーい、ヴォルパース、見ーつけた！」とつぜん、カーロが歓声をあげました。

　「今度こそ、逃がさないぞ！」と、フィリップ。

　そしてついにくろグミ団は、ヴォルパースをとりかこみました。

　「ぼくたち、あなたをずっと追ってきたんです！」と、フィリップ。

　「あんた方もしつこいな」ヴォルパースは、とまどうような顔をしてみせ、それから口がさけるほど大笑いをしました。「なにも悪いことをした覚えはありませんぜ！」

　「しらばっくれないで、ぬすんだものをおだしなさい！」と、カーロ。

　「なんのこといってるのか、さっぱりわからんね」ヴォルパースは、空っぽの両手を探偵たちにつきだしていいました。

　「これ以上、ごまかせませんよ！　あなたが盗品をいれたふくろをどこにかくしたかは、わかってるんです！」と、フィリップは切り札をだしました。

問題▶▶フィリップは、ふくろがどこにあると考えたのでしょう？

フクロウ沼城の幽霊

1 ヘンカー小路のできごと

　フィリップは、アロン号の喫水線に着目していました。くろグミ団が漁場に着いたときにくらべると、船はずっと深く、しずんでいたのです。
　かけつけた警察がアロン号を調べると、高価な品物がごっそり見つかりました。これにて一件落着。その日の夕刊には、「ビーチ荒らしの赤カレイ、釣りあげられる！」という見出しの、くわしい記事がのりました。

　大かつやくの翌日。くろグミ団がヘンカー小路を歩いていると、とつぜん悲鳴が聞こえました。ふりかえると、自転車と老婦人がたおれています。
　「だいじょうぶですか？」と、フィリップがかけよりました。
　「フフー、フフーって声がして……白いものが、消えたの……」老婦人はそう口走って、顔をひきつらせました。
　「車だったんじゃないの？」フローがなかまたちにささやくと、老婦人がうしろからぐいと腕をつかんで、声を強めました。
　「よーく聞いて。わたくしは自分がなにを見たか、はっきりおぼえているの。ぼけてなんかいませんよ。あれは、車なんかじゃない。幽霊です！」
　子どもたちは、道に散らばったものを買物かごにいれ、老婦人が起きあがるのを助けました。
　「いまどき、幽霊なんていわれてもね」と、フロー。
　「白い幽霊ってあれのことかしら？　だとしたら、びっくりして飛んじゃったみたい。見て、あそこ！」と、カーロがいいました。

　問題▶▶幽霊は、どこにいたのでしょう？

2　フクロウ沼城

　幽霊の正体は、白いオンドリでした。カーロは、1832年と書いてある家のトタン屋根の上にオンドリがいるのを見つけたのです。
　「お年寄りって、ときどき、おかしなことをいうもんね」フローはまだ、老婦人の精神状態を疑っています。
　これは、小さなできごとにすぎなかったのかもしれません。けれども、くろグミ団は、なぜ老婦人があれほどまでにおびえたのかが、気になりました。

　もう一度さいしょから見なおしてみよう、と考えた3人は、つぎの日の午後、ふたたびヘンカー小路へ行きました。さらにその足で、老婦人が住んでいるといっていたフクロウ沼城をたずねました。この地域にただひとつ、昔のまま残っている城です。すでに夕ぐれがせまっていました。
　「フローのいうとおりだよ」と、フィリップがいいました。「幽霊なんて、一角獣と同じで、実際は存在しない……」
　「ギャッ！」とつぜんフローが、フィリップの言葉をさえぎりました。「見て、あそこ！　ほ、ほんものの幽霊だよ！」

問題▶▶幽霊が見えたのは、どこでしょう？

3　夕闇の物音

「ね、あれ、どう見ても幽霊だよね。それとも、ぼくは夢を見ているの？」と、フローがうわずった声でいいました。
　白い奇妙なものが、2本のモミの木の枝のあいだに、ぼんやりと浮かんでいます。それから、すーっと消えました。
「城の建物のほうに消えたよ」フローは確信していいました。
　くろグミ団は、城の中庭にやってきました。塔と、張りだし窓にかこまれています。

「こんなところで、幽霊を発見できると思う？」と、フィリップは疑心暗鬼です。
　幽霊の手がかりをつかもうと、3人は庭のすみずみまで注意深く見てまわりましたが、なにも見つかりません。
　そのときとつぜん、ガシャーンという、にぶい音が聞こえました。
「いまの音、なに？」と、カーロ。探偵たちに緊張が走ります。
「こっちから、聞こえてきたぞ！」と、フィリップ。3人はテラスにあがり、ガラス戸ごしに、うす暗い室内をのぞきこみました。
「なにも変わったことはなさそうだけど」と、フロー。
「ぼくには、なんの音だったのか、わかったぞ」と、フィリップがいいました。

問題▶▶それは、なんの音だったのでしょう？

4　見えない影

　花びんの破片が、奥の床に散っています。さっきの音は、陶器の花びんが落ちて割れた音でしょう。

「花びんは、ひとりでに落っこちるかしら？」と、カーロ。

「それはないと思う。きっとだれかが落としたんだよ」と、フィリップが推測しました。「ということは……」

　くろグミ団の子どもたちは城の表へまわり、玄関のとびらをノックしました。けれども、だれも開けてくれません。

　そこで3人は、しのび足で古びた城の壁をつたって歩いていき、庭に面したテラスから城の中をのぞきました。暗すぎてよく見えません。カーロが思い切ってテラスのガラス戸の取っ手を押すと、とびらが開きました。3人は中へはいりました。

「だれもいないね」と、フィリップがいいました。

「ううん、そんなことない」と、カーロ。「ほら、あそこ！」

問題▶▶カーロは、どこに人がいるのを見つけたのでしょう？

5 フクロウ沼の伝説

「きのうのおばあさんだわ。失神してる」安楽椅子にすわってぐったりしている老婦人を見て、カーロがいいました。脈をとって、話しかけましたが、反応はありません。

「なんだか、すごく奇妙な感じがするな」と、フィリップが首をかしげました。「この人、きのうも、幽霊を見たっていって、たおれただろ」

そのときはじめて、探偵たちに、ある考えがひらめきました。この老婦人がどうしてくりかえし恐怖に襲われるのか……ひょっとして、だれかがしかけているんじゃないか？

「意識がもどってきたみたい」カーロがほっとしていいました。
「わ、わたくし……さっき、庭で、み、みたのですよ」老婦人はつっかえながらいいました。「こ、この目で、たしかに！」
「この人、また幽霊の話だよ」と、フローが眉間にしわを寄せました。

「じつは、わたくしの……曾祖父が……すでに、幽霊の存在を記録しております」老婦人は、代々この城を守ってきた先祖の秘密について語りはじめました。「曾祖父は、その幽霊のせいで、気がくるってしまったのです！」

それから、意味ありげに左の人さし指を立てて、つけくわえました。「城の図書室には、たしか、まだあるはずですよ。幽霊に関する本が」

くろグミ団は、さっそく図書室へ行き、書棚をはしから調べはじめました。
「いったい、どこをさがせばいいの？」と、目をこするカーロ。
「あった！」と、フローがさけびました。「あれじゃないかな」

問題▶▶さがしていた本は、どこにあったでしょう？

6 はてしない恐怖

　老婦人が話していたのは、表紙に幽霊の絵が描いてある本にちがいありません。フローは、ガラスの丸テーブルの下に積まれた本のいちばん上に、100年以上前に書かれたその古い本を見つけました。
　くろグミ団は、幽霊にまつわる一族の物語を注意深く読み、しっかりと頭にいれました。
　おどろいたことに、その昔の事件と、今回の幽霊の連続目撃とは、とてもよく似ています。
　「つまり、同じ幽霊ってこと？」フローが、なかまたちにききました。
　「えっ?! 130歳の幽霊なんて、聞いたことないよ！」と、フィリップ。
　「だけど、その幽霊がまだ出るんだとしたら？」フローが怖気づいていいました。
　もう夜です。探偵たちは、またあした来ますと、老婦人にあいさつをしました。
　城を立ちさろうとしたときです。3人はまたもや、するどいさけび声に飛びあがりました。いそいで声の聞こえた塔の2階にかけあがると、寝室で、老婦人がまたしてもパニックにおちいっています。なにかしゃべろうとしていますが、言葉になりません。フィリップは、その場で、なぜ老婦人がこれほどひどく混乱しているかに気づきました。

問題▶▶老婦人はなぜパニックをおこしたのでしょう？

7　寝室の幽霊

「ずいぶん、大胆だなあ」フィリップはなかまたちに小声でいいました。「あんなシーツ、だれも毎日使うはずないよ」

ベッドのシーツに、大きな細長い目がふたつと、三日月型の口がひとつ、念入りに描かれています。

フローがその顔の絵をさわって、いいました。

「まだ絵の具が生がわきだぞ！　ということは、つまり、犯人は直前までここにいたんだ！」

探偵たちは、寝室と、屋根裏部屋をくまなく調べました。

「たぶん、フローのいうとおりね」と、カーロがうなずきました。「あそこにまだ、犯行に使った道具がおいてあるもの！」

問題▶▶カーロは、なにを発見したのでしょう？

8 真夜中

　カーロは、ソファーのかげにある、黒い絵の具のついた絵筆に目をとめたのです。絵筆は、絵の具の缶の上におかれていました。缶のふたは開けっぱなし。けれども、犯人については、なにもわからないままです。

　老婦人は古い城に1人でいるのがこわくて、くろグミ団に今夜は泊まってほしい、と真剣にたのみました。子どもたちは、それぞれの家とラース警部とレオさんに連絡してから、わかりましたと返事をしました。

　探偵たちは、屋根裏部屋に泊まることになりました。風が屋根瓦の割れ目を通ってヒューヒューと鳴り、雨が屋根にある窓を、滝のように流れおちます。3人はまどろむこともできません。

　さけび声が響いたのは、ちょうど真夜中でした。フローもフィリップもカーロも、すぐさまベッドから起きあがり、窓辺にかけ寄りました。

　「大雨で、なにも見えやしない！」フィリップがそういって、窓からはなれようとすると、フローにとめられました。

　「見ろよ！　墓地に、だれかいるぞ」

問題▶▶その人は、どこにいたのでしょう？

9　墓地の声

　ザーザーとふりしきる雨のなか、だれかが、左奥のほうに見える大きな墓石を、うしろから両手をまわしてだきしめているようです。気味の悪い、おそろしく先のとがった長い指がはっきりと見えました。あそこにひそんでいるのは、いったいだれ？　3人は、さっと服を着がえると、階段をかけおりました。

　「あやしいやつめ、あっというまに逃げたな。影もかたちもないや！」墓地に着いたとき、フィリップが、がっかりしていいました。

　くろグミ団は墓の周囲をそーっと歩きました。雨雲が切れ、風がやみ、死のような深い静けさがあたりを支配しています。

　「うらめしやー」と、フロー。けれどもその声は、べつの声にかき消されました。

「フフーーーフー」

　「あれ、なに？」子どもたちは不気味な声に耳をすませ、あたりを見まわしました。

　ようやくカーロが、月明かりでその声の主を見つけました。

問題▶▶その声は、どこから聞こえたのでしょう？

50 - 51

10 なぞめいた格言

「犯人は、あそこよ！」カーロはにっこりして、月明かりの下でモミの枝にとまっているワシミミズクを指さしました。

人の気配におどろいたワシミミズクは、大きな翼を広げ、飛びさりました。

つぎの日の朝、くろグミ団はふたたび墓地にむかいました。夜にふった雨で、足あとはなにも残っていません。幽霊はいったいどこにいるのでしょう？

フィリップが、礼拝堂のまえで立ちどまって、上のほうを見つめました。

「ちょっと、これを見て。格言にしちゃ、ずいぶん変わってるなあ」そういいながら、とびらの上に彫りこまれた文字を指さしました。

「いちやのゆめ、はちのすひとつ、みつばちはっぴき」と、カーロが読みあげました。「一夜の夢？ つまりある夜に、ハチの巣にミツバチが8ぴきいる夢を見たってこと？ なんか奇妙なお告げみたい」

「そして、てっぺんにはドクロの絵。ドクロには歯が3本」と、フィリップがつけくわえました。

「気味が悪いねえ！ それ、いったい、どんな意味があるのかなぁ？」と、フローがいいました。

「さっぱりわからない……」と、フィリップ。そして、しばらく考えこんでから、口を開きました。「だけど、ひとつひとつの言葉には、共通点があるぞ！」

「さすが、フィリップ！ なぞめいたことをいうねえ」フローが目を丸くしました。

問題▶▶格言には、なにがかくされていたのでしょう？

11　数字のなぞ

　どの言葉にも数字がかくれている、というフィリップの説明をきいて、カーロとフローはおどろきました。

　「1─8─8─1─3─8─8。ならべると、こうなる」と、フィリップが解き明かしました。

　「すごーい！」と、カーロが感心しました。「だけど、その数字はなんなのかしら」

　「ひょっとして、電話番号？」と、フロー。

　「そんなはずないよ」と、フィリップが笑いました。「この礼拝堂は建てられてから何百年もたっているんだ。電話が発明されるより、ずっと前だよ」

　たしかにそのとおりでした。くろグミ団は、さらに、あれこれ考えました。

　とつぜん、周囲を見まわしていたカーロが、さけびました。「わかった！わたし、2人に教えてあげるわ。数字のならびがなにを意味しているか、そして、どこをさがせばいいのかをね！」

問題▶▶カーロは、なにを発見したのでしょう？

12　死者の王国

　フィリップとフローも、好奇心で顔をかがやかせました。カーロの発見によれば、数字のならびが、ある墓石の年と日付と一致しているというのです。カーロは、1388年8月18日に亡くなった、フクロウ沼家のベルナディンの墓のところへ友人たちをつれていきました。
「これ、幽霊さがしの手がかりになるかしら」
　くろグミ団は、墓石とそのまわりをじっくり観察しました。すると、なんということでしょう！　墓石のすぐうしろの地面に、とびらが見つかったのです。
　3人は、力をあわせてとびらを開けました。そして、そろそろと死者の王国へのせまい階段をおりていきました。
　やがて、ある暗い部屋に出ました。そこには、数えきれないほどのドクロが、ずらりとならんでいます。おそらく、昔から、一族の納骨堂として使われていたのでしょう。
「わーっ、ここ、暗くて、冷たくて、背すじがぞくっとする」と、フローがささやきました。
　きょろきょろと部屋のなかを見まわしていたフィリップが、とつぜん、フローの腕をつかみました。
「おい、歯が3本しかないドクロがあるぞ。礼拝堂の入口の絵とそっくりだ！」

問題▶▶そのドクロは、どこにあったでしょう？

13 白羽の矢

　歯が3本のドクロは、まんなかの棚の奥の列、左から2番目におかれていました。

　カーロは、地上からもれるかすかな光のなかで目をこらし、そのドクロの下に、なにかあることに気づきました。手さぐりでそっとふれ、慎重に引っぱりだすと、それは古い鉄製の鍵でした。なにもわからないまま、カーロは鍵をポケットにいれました。

　城にもどって、くろグミ団は、老婦人に鍵のことをたずねました。けれども老婦人には、納骨堂から見つかったこの鍵がなんの役にたつのかわかりませんでした。そもそも、鍵がかくされていたことすら知らなかったのです。

　3人は、長い廊下を歩きながら、考えをめぐらせました。広いホールに出たとき、フローが立ちどまりました。

　「どうしたの？」と声をかけたとたん、カーロも、フローがなにを発見したのかに気づきました。

問題▶▶フローは、なにを発見したのでしょう？

14　めずらしい迷路

　フローは、しきつめられた床のタイルを見ていました。そのなかの1枚だけ、もようのむきが、ほかのタイルとちがって90度回転していたのです。

　「ちょっと、これを見て！」フローがさっそく調べると、そのタイルは、セメントの下地に固定されていないことがわかりました。フィリップがポケットナイフをとりだして、手ぎわよくタイルをはがしました。

　「おおっ、これは……」

　おどろいたことに、セメントの下地にはレバー装置がうめこまれていました。フィリップがレバーを引くと、ギーギーと音がして、いきなり壁にかかっている大きな額絵が動き、うしろにドアがあらわれました。

　「秘密のドアだわ！」カーロが目をかがやかせ、すばやく、しかし冷静に、納骨堂で見つけた鍵をさしこみました。「信じられない！　ぴったりよ！」

　くろグミ団はドアを開け、なかに足をふみいれました。トンネルを進んでいくと、木の階段をおりたところで、年代ものの長持ちにぶつかりました。ふたは開いていて、中は空っぽ。フローが、ふたをこじ開けるのに使ったと思われる、先のとがった、ほぼ新品のヤスリを発見しました。

　さらに進んでいくと、とつぜん、3人は目のまえに広がった光景に息をのみました。あっちにも階段、こっちにも階段、上にも、下にも階段、階段、階段だらけ！

　「あっ、あの幽霊がいる！　いそげ！」と、フィリップ。

　「やややや、へんだよ、ここの階段。どれも目の錯覚でふつうに見えるけど、使えない階段ばっかりだよ」フローは、おどろきのあまり、その場に立ちつくしました。

　「可能性が、ひとつだけあるわ！」と、カーロがきっぱりといいました。

　問題▶▶カーロは、どの道順を考えていたのでしょう？

15 フクロウ沼の祭り

　くろグミ団はすぐに、自分たちのすぐうしろの7段の階段をあがりました。つぎに、いちばん左の階段をのぼり、紋章のある門のアーチをくぐり、それから左の8段の階段から、息せき切って踊り場に出ました。さらに3段とびこえ、さっき幽霊が見えた入口に到着しました。幽霊はもういませんでしたが、気配は感じられます。

　3人はそのまま建物の通路を突進し、つきあたりのらせん階段をかけあがりました。フィリップは自分の目が信じられませんでした。そこは、なんと城の礼拝堂のなかだったのです！　一瞬、視界のはしに、でもたしかに、幽霊が走るすがたが見えました。

　その直後、ガラスが割れる音がして、フローが「あっ！」とさけびました。
　「幽霊さん、窓から逃げたってわけね」と、カーロが推理しました。音のしたほうへ行ってみると、床にガラスの破片が散乱しています。
　「幽霊の正体は、かぎりなく人間に近いってことだね」と、フィリップ。
「それに、2本線入りの白いスニーカーをはいた幽霊なんて、いる？」

　その週末、城では、フクロウ沼の住民たちがたのしみにしている祭りが開かれることになっていました。ところが、恒例の行事をまえに、城主の老婦人はまたしても幽霊に襲われて、気絶してしまいました。今度は、意識を回復するために、強力な気つけ薬の手当てが必要なほど重症でした。
　そしていよいよ、祭りの当日です。
　「しっかり見張るのよ！」と、カーロ。探偵たちは目を光らせました。
　まもなくして、ついに、「あそこに、幽霊がいるよ！」と、フィリップがささやきました。

　問題▶▶フィリップは、どの人物に目をつけたのでしょう？

16 空堀への逃亡

　フィリップは、スニーカーを見て、風船売りこそがフクロウ沼城の幽霊だ、とにらんだのです。くろグミ団が風船売りに近づいたとき、疑いは強い確信にかわりました。

　風船売りは、大あわてで販売スタンドの下から小さな箱をとって、逃げだしました。風船が手からはなれ、空中に舞いあがり、あちらこちらに、ふわふわと飛んでいきます。にぎっている小箱は、城の秘密通路にあった長持ちからぬすんだものにちがいありません。男は、門をくぐって、はね橋に飛びのり、城から走りさりました。

　くろグミ団は、いそいであとを追いました。そのうち、ふだん着すがたの幽霊の足はおそくなり、やがて、城をぐるりとかこむ空堀のはずれで、すわりこんでしまいました。

　「出てくるんだ。どこにかくれているかは、お見通しだぞ！」フィリップはそうさけぶと、岩かげにあるドラム缶にむかいました。

　フィリップは幽霊男をつかまえました。ところが、小箱がありません。男はにんまりと、うす笑いをうかべています。

　カーロは、井戸があやしいとふんで調べようとしましたが、そのとき、フローが声をあげました。

　「かけてもいい、小箱はべつの場所にかくしたんだよ！」

問題▶▶フローは、小箱がどこにあると考えたのでしょう？

S博士を追え！

1 骨董品収集家

　フローの勘は、ずばり的中！　幽霊男は逃げるとちゅう、小箱を道ばたにころがっていた小さな植木鉢の下にかくしました。上下さかさまにおかれている鉢があやしいと、フローはふんだのです。フローはズボンのポケットから折りたたみ式のナイフをとりだし、その箱を開けました。あらわれたのは、キラキラとまばゆいばかりの本物の宝石でした。

　ラース警部とレオさんが到着し、幽霊男はすぐに連行されました。警察の取り調べをうけた男は、自分はフクロウ沼城の女主人のただ１人の血縁者であると告白しました。遺産を早く手にいれたくて、城の伝説の幽霊に化け、老婦人を不安と恐怖におとしいれようと、策略をめぐらしたのでした。

　事件解決から２週間がたちました。くろグミ団は、ノイシュタット駅を通りかかったとき、駅のようすがいつもとちがうことに気がつきました。有名な骨董品収集家クリムコウスキがまもなく到着するので、大ぜいの報道関係者がつめかけていたのです。

　やがて、カメラのフラッシュの嵐をあびながら、大きなスーツケースを持ったクリムコウスキが、到着ロビーにすがたをあらわしました。記者たちは矢つぎ早に、最新の獲得品について質問しました。

　「それは、当分のあいだ、秘密です」収集家はいたずらっぽく答えました。
　「今回の旅では、どこをまわってこられたのですか？」と、記者。
　「まったく、むだな質問をするね！　そんなの、すぐわかるのに」と、フィリップは、フローとカーロにささやきました。

問題▶▶旅行先を順番にいうと、どうなるでしょう？

66 - 67

2 スイートルーム218号室

　クリムコウスキは、まずベルリンを出発し、そのあと、ヘルシンキ―オスロ―ロンドン―ニューヨーク―チューリッヒ―アルジェ―ローマ―ウィーンを経由し、プラハまで旅行していました。トランクのシールが貼られた順番でわかります。チェコのプラハから帰国した骨董品収集家は、まっすぐ、ノイシュタットの「ホテル・ピザーニ」へ、車で乗りつけました。スイートルーム218号室に3泊する予定でした。

　ところが、つぎの朝、予期せぬ事件が起きました。クリムコウスキのチェック柄のかばんがぬすまれたのです。くろグミ団はただちにかけつけました。ホテルはすでに立入り禁止となっていて、警官たちが見張りをしています。
「ぬすまれたのは、かれこれ30分前のことらしいよ」警官たちの会話を小耳にはさんだフィリップが、なかまたちにささやきました。
「かばんには、なにがはいってたんだろう？」と、フロー。
「それが、わかればなあ！」人通りの多いホテル周辺を見まわしながら、フィリップがいいました。「きっと、かばんどろぼうはもう、このあたりにはいないだろ」
「そんなことないわよ」と、カーロ。「あのうしろにかくれてる！」

問題▶▶どろぼうは、どこにいたのでしょう？

3　山中での発見

　警察でさえ、どろぼうはにぎやかな街道を逃走したと予想していました。でもカーロは、ならんでいる建物の屋根の上に目を走らせていたのです。
　「逃がさないで！」カーロは、「レストラン・金のジョッキ」の屋根を移動する男を指さしました。ぬすんだかばんを持っています。ところが、警官たちがあわてて屋根にあがるより早く、そのどろぼうは、ふたたびすがたを消しました。

　翌日、事件は新たな動きを見せました。ハーネンカムの登山ガイドが、山道で不審なかばんを見つけた、と警察に連絡をしてきたのです。ラース警部にたのまれて、くろグミ団の子どもたちは現場に急行しました。登山ガイドは探偵たちをすぐに発見物のところへ案内しました。

「このかばんです」

「きのうぬすまれたかばんだ」と、フィリップがたしかめました。

「なにがはいっていたのか、クリムコウスキさんからききださなくちゃ！」と、フロー。

「犯人は、いいものにありつけると思ったんでしょうね」と、カーロ。「見て、鍵のとこにひっかき傷がある！　こじ開けたんだわ」

「ほんとだ。なにでやったんだろう？　木ぎれか、石か」と、フローは頭をひねりました。

「おそらくそうじゃない。プロなら、工具のひとつでも持っているだろう」
そういったとたん、フィリップは、あるものに気がつきました。「もうわかったよ」

問題▶▶フィリップは、なにを見つけたのでしょう？

4　やぶかれたメッセージ

　山道の左のしげみのなかに、ドライバーが落ちていたのです。かばんの鍵をこじ開けるときに、使われたにちがいありません。

　くろグミ団は、盗難事件についてクリムコウスキに直接質問したいと思い、すぐに、ホテル・ピザーニへむかいました。
　フィリップが、スイートルーム218号室のドアをノックしようとしたときでした。
　「おや、おかしいぞ。ドアがちゃんと閉まってないよ！」
　フィリップは、「クリムコウスキさーん」と部屋のなかにむかって、大声で呼びかけました。けれども、返事はありません。
　「おかしいわね。部屋にだれもいなくて、ドアは開けっぱなし」カーロはそういいながら、フィリップとフローについて、スイートルームにそっと足をふみいれました。
　「どうやら、クリムコウスキさんは、ひどくいそいでいたらしいな」はいってすぐの小部屋をのぞいて、フィリップが推測しました。
　「ねえ、ちょっとここ見て！」と、カーロがフィリップの話をさえぎりました。「手書きのメモよ」
　カーロは、ごみ箱から、こまかくちぎられた紙をひろいました。そして、それらをつなぎあわせて、書かれている言葉を読み解こうとしました。
　「わかった、ぼく読めたよ！」フローがいちばんに声をあげ、なかまたちをうながして、いそいでその場をはなれました。

問題▶▶そのメモには、なんと書かれていたのでしょう？

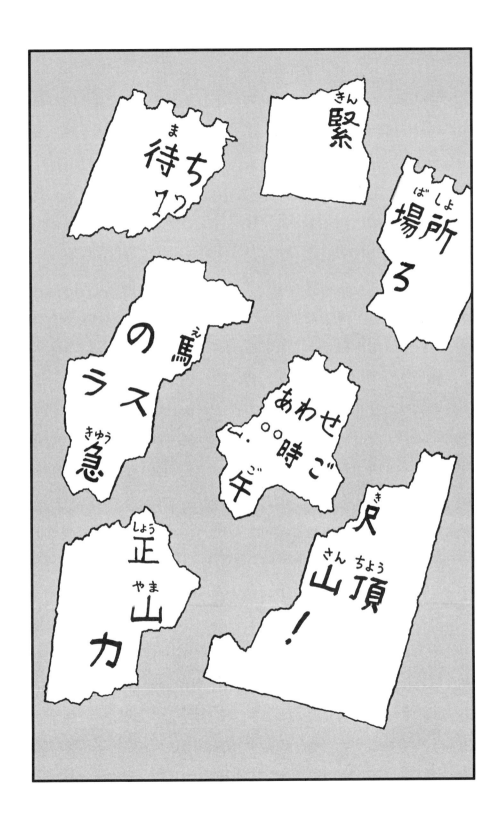

5 ゴンドラ19号

「待ちあわせ場所　12時ごろ　正午──山の駅　カラス山頂　緊急！」

フローがメッセージを読みあげました。3人は時計を見ると、すぐさま階段をかけおりました。

フロント係によれば、クリムコウスキ氏は2時間ほどまえに出かけた、ということでした。チロリアンハットをかぶり、チロリアンジャケットに身をつつみ、手にはステッキを持って。

「ぼくたち、一刻もむだにできないよ」と、フィリップ。探偵たちは、カラス山への道を走り、ロープウェイの谷間駅をめざしました。

「山頂まで25分」谷間駅に着くと、カーロが時刻表を確認しました。

ゴンドラ19号機が、ゴトンと音をたてて、谷間駅にはいってきました。自動ドアがプシューと開き、3人がいきおいよく乗りこもうとしたそのときです。まるで死んだような人が、たおれかかってきました。おどろいたのは子どもたちです。なんとか気を落ちつかせ、みんなで力をあわせて、その人をゴンドラの外へ引っぱりだしました。

「クリムコウスキさんだ！」フローが、目を丸くしてさけびました。

「だいじょうぶ、息をしてるよ」フィリップが、ほっとしていいました。

山岳レスキューの人がすぐにかけつけて、救護にあたりました。

「ねえ、あの人のおでこの傷を見た？」と、フロー。

「もちろん。いったいどういうことだろう？　だれかに襲われたのかな」と、フィリップが考えこみました。

「わたし、もしかしたら説明できるかも」と、カーロ。あることに気づき、とっさにホテルのフロント係の話を思い出したのです。

問題▶▶カーロは、なにに気がついたのでしょう？

6 歩いて下山

「クリムコウスキさんはノイシュタット駅に到着したとき、ステッキを持ってなかったでしょ。でも今朝、ホテルを出るときは持っていた。そして、そのステッキがいまはなくなっている！ そこに、なにかしらわけがあるにちがいないわ！」と、カーロがいいました。

「よし、上へのぼろう」と、フィリップが決断しました。「山頂に行けば、きっと、なにか手がかりがあるよ！」

実際、探偵たちはカラス山頂で、決定的な情報を手にいれました。それを提供してくれたのは、レストハウスのウェイターでした。

「ええ、おぼえていますよ。わたしは、チロリアンジャケットの男性に、食事をおだししました！」と、ウェイターは、子どもたちに話しました。「お連れさまがいらっしゃいましたよ」

「もう1人は、どんな人だったんですか？」と、フィリップが待ちきれずにききました。

「はい、太いベルトつきの明るい色の半コートを着た、風変わりな人でしたよ。フードを深くかぶっていて、まるで人に顔を見られたくないといったようすでしたね」と、ウェイターが答えました。

ところが、山の駅でたずねても、この説明にあてはまりそうな人物がゴンドラに乗るのを目撃した人は、だれもいませんでした。

「さあ、山をおりましょう。ロープウェイじゃなくて、歩きで！」と、カーロが提案しました。3人は山道を下りはじめました。

「ちょっと、あそこを見て！ おそらく、クリムコウスキさんと会ってた人物も、この道を通ったかもしれないよ」コースを半分ほど下ったところで、フィリップが急に立ちどまりました。

問題▶▶フィリップは、なにを見つけたのでしょう？

7　ねらいをつけた相手

　フィリップは、道ばたの背の低い木の枝に、ベルトがかかっていることに気がついたのです。とはいえ、そのベルトが、クリムコウスキと会っていた男のものかどうかは、まだわかりません。
　「フィリップとフローは、この事件、どう推理する？」と、カーロがたずねました。「まず、かばんがぬすまれた。そのかばんはこじ開けられた状態で発見された。クリムコウスキさんはある場所に誘いこまれて襲われた。それと同時に、ステッキが消えた！」

　「うん、しかもその被害者は、まだなにも語っていない！」と、フィリップがつけくわえました。
　「少なくとも、これだけはたしかね。背後に、なにか大きな問題がかくれているってこと！」と、カーロがいいました。

　ようやく目新しい動きがあったのは、3日がすぎてからでした。
　「見て、見て！　あそこのいそぎ足の人、ぼくたちがさがしてる男じゃないか？」と、ふいにフローが大声をあげました。その瞬間、くろグミ団は、ぱっとかけだしました。

問題▶▶フローがねらいをつけたのは、
　　　どの人でしょう？

78-79

8 するどい観察

　アーチ型ゲートの奥に、フードつき半コートの男がいままさに消えようとしています。そのコートにはベルト通しがついていますが、ベルトはありませんでした。

　「あやしいぞ！　すぐに追いかけよう！」と、フロー。「いそがなきゃ、まにあわない！」

　オウムのココが、先を飛んでゆき、くろグミ団があとを追います。

　つぎの通りに出て、角の売店のところで、フローが立ちどまりました。

　「あいつ、ここを通ったかな」

　「道をわたったところにいるわ」と、カーロが断言しました。「ステッキを持ってる。ぜったいあの男よ！　このあいだ、山でクリムコウスキさんを襲って、ステッキをうばったんだわ」

　3人は、その男のすぐうしろをつけて行きました。

　しばらくして、フローがさけびました。

　「ふーっ、また、どっかに消えちゃった？　たのむから、もうぼくたちから逃げないでおくれよ。あいつ、あぶなくなりそうだって感づいたのかな？」

　「だいじょうぶよ、まだ気づかれてない！　でも……あれ？　ちょっと、ふしぎなことが……」カーロは疑惑の男をふたたび目にしたとき、びっくりしていいました。

問題▶▶カーロは、なにに気がついたのでしょう？

9 なぞめいた古文書

「うん、あのステッキ、とにかくあれが要注意ってこと！」と、カーロは確信していいました。「たぶん、ステッキの持ち手の部分は、ネジみたいにまわせるのよ！」

カーロは、ステッキについている大きなライオンのかざりのむきが変わっていることに気づいたのです。

オウムのココが、男がはいっていったカフェ・ヒラメキーノ館の門のかざりにとまりました。3人も店にはいり、2階の手すりごしに、下にいる男を観察することにしました。フローは双眼鏡をのぞきます。

「なにか見える？」と、フィリップがききました。

「あの男、ステッキの持ち手をくるくるやって、ばらしちゃったよ！」フローは、あっけにとられていいました。「おやおや…信じられない！」

男はステッキの軸の中から、羊皮紙の切れはしと、小さな鍵をとりだしたのです。

「もう、じれったいなあ。早く教えてくれ。その紙にはなんて書いてあるんだい？」と、フィリップがせかしました。

「たのいっしゅと　ちょうちんこぎく……植物の名前かなあ、よくわからない」と、フローが読みあげました。「それから計算の問題みたい。年齢×2＝？　＋6＝？　÷2＝？　－年齢＝？　＋10＝？」

くろグミ団の子どもたちは、根気強く、この難題にとりくみました。そしてついに、フィリップが、奇妙な言葉の背後にかくれている意味をさぐりだし、計算を解きました。

問題▶▶答えは、どういう内容だったのでしょう？

10　旧地方警察広場で

「ノイシュタット貯蓄銀行！」と、フィリップが決定打をいい放ちました。さらに、計算についてもさえていました。「いいかい、年齢のところに適当な数をあてはめて計算してごらん。さいごの答えは、いつも13になるよ！」

「おまけに鍵がある！　わかったわ、かけてもいい、その銀行の貸し金庫の13番に大事なものがあるのよ」と、カーロが力強く推理しました。

フィリップがうなずきました。そのときです、男が急に立ちあがって、そそくさと会計をすませ、カフェから出ていきました。

「あっちも、なぞの答えにたどりついたみたい」と、カーロ。

まさしく、男が一目散にむかったのは、ノイシュタット貯蓄銀行でした。男が銀行にはいって出てくるまでに、20分もかかりませんでした。今度は、手に小さなふくろを持っています。男はバスの停留所のほうへと、いそぎ足でむかいました。

「あとを追うんだ！」と、フィリップがなかまたちに合図しました。

「89番のバスに乗るよ！」と、フロー。3人はあわててそのバスに飛びのり、乗客にまぎれこんで、男から目をはなさずにいました。

男がバスをおりたのは、旧地方警察広場。その足で、あわただしく、むかいがわのアパートに進みました。

「ここにはいってったよ」フローが、39番の建物を指さしました。

しばらくして、通報をうけたラース警部とレオさんが到着しました。

「その男がここにいるのは、たしかなんだね？」と、ラース警部が念を押しました。アパートには、まったくひと気が感じられなかったからです。

「はい」と、フロー。「あの部屋にいるにちがいありません！」

問題▶▶フローは、どの部屋のことをいったのでしょう？

84-85

11 巧妙なトリック

「卓上ランプのむきが変わったんです！　明かりはついていないけれど、あそこにいるはずです」フローはそう説明し、いちばん上の左の部屋を指さしました。探偵たちはアパートの玄関にはいり、階段をかけあがって、最上階の暗い廊下に出ました。

ラース警部は無言のまま、表札を確認しました。「シュトルペック(S博士)」と記されています。一見、世間的には信用がありそうな名前です。

「開けてください！　警察です！」と、ラース警部がドアをはげしくたたきました。しばらくして、引きずるような足音が聞こえてきました。

「なにかご用ですか？」男がドアをほんのすこしだけ開けて、無愛想にたずねました。

ラース警部は警察手帳をさっと、とりだして見せました。

「いったい、なんのご用件ですか？」男は面食らったようにいいました。

「わたしたちは、ある小さなふくろをさがしています。たったいまノイシュタット貯蓄銀行から持ちだされたばかりのものです。もちろん、なんのことか、おわかりですね？」と、ラース警部がたたみかけるようにききました。

「いやあ、さっぱりわかりませんね。ご自分の時間をむだにされるだけですよ」と、男はけわしい表情でつぶやきました。

この人はほんとうに無関係なのでしょうか？　くろグミ団は家じゅうを捜索しましたが、ふくろは見つかりません。そのときカーロは、天窓がわずかに開いていることに気づきました。持ち前の第六感がはたらいて、カーロは階段をかけおり、歩道に出ました。それからふたたび大いそぎでアパートへもどって、階段のとちゅうからさけびました。

「早く来て、まんまとかわされたのよ！」

問題▶▶カーロは、男のどんなトリックに気づいたのでしょう？

86-87

12 証拠品はどこへ？

「うまく、やったものだわ！」くろグミ団のメンバーが全員そろうのを待って、カーロがいいました。「あの男は抜け目がないわ！　どろぼうS博士よ。雨どいを使って、ふくろをすべり落としたのよ！」

そこで、カーロの息がとまりました。あろうことか、ついいまさっき目にしたふくろが、もうなくなっていたのです。

「だれかが、一瞬でさらったってこと？」フィリップは建物のわき道をのぞきました。

「あっ、あそこ、S博士が走ってくぞ！」と、フローがさけびました。「避難用のはしごと非常階段で外に出て、ふくろをとって逃げたんだ！」

地元の警察が出動し、いっせいに捜査がはじまりました。さっそく近くの川で、S博士にそっくりな男が検問にかかりました。

「しかし……」と、報告をしにきた警官はいいました。「なにも出てこなかったんです。空ぶりでした！　証拠がない以上、その男を解放せざるをえませんでした」

「おそらく、そのまえにふくろを片づけたんだろう！」と、ラース警部が指摘しました。

「S博士は、ぼくたちの想像以上に、抜け目がないです！」と、フィリップが言葉をはさみました。「まちがいない。警官によびとめられるまえに、ふくろはとっくに川のむこう岸へ運ばれていたんです。一発で、うんと遠くまで飛んでいけーってね」

問題▶▶フィリップは、なにを発見したのでしょう？

13 的は遠方にあり

「そのとおりだ、いいぞ、フィリップ！」と、ラース警部がほめました。警部もちょうど、イラクサのしげみのなかに投石用のパチンコを発見したところだったのです。

「たぶん、まだまにあう」と、ラース警部。「われわれは、むこう岸を徹底的にさがそう！」

捜査の手ぬかりにくわえ、追跡中の人物にまんまとしてやられた地元の警官は、いかにも不機嫌そうでしたが、それでも気をとりなおして、追加の応援を要請しました。

「準備万端であります」しばらくして、警官は自信満々に報告をしにきました。「われわれは、小さな木の橋をわたって川を横断し、総力あげて対岸の河原をくまなくさがすのであります！」

「いや、それはもう、必要ないでしょう。おそすぎたのです！」と、フローがいいました。「ほら、あそこにさがしているふくろが見える。ついでに手をのばせばとどくところに、S博士がいますよ！」

問題▶▶さがしていたふくろは、どこにあったでしょう？

14 黄金の牙橋で

　フローの指摘は、すべて的を射ていました。警官たちが、川をわたるため橋に着くよりも早く、Ｓ博士は、草むらからさがしだした小さなふくろをつかんで、消えうせました。
　ああ、また逃げられてしまいました。もう手だてはないのでしょうか？いいえ、まったくのぐうぜんが幸いすることもあるのです……。

　くろグミ団は、なんとその日のうちに、たまたま通りかかった「黄金の牙」という橋で、疑わしい男をふたたび目にしました。
　「わお！　わたし、かけてもいい、あれはＳ博士よ！」と、カーロが声をあげました。
　「ほんとうだ！　すぐに行こう。今度こそ、やつを逃がすものか！」レオさんが子どもたちをはげまし、先に立って走りだしました。

問題▶▶Ｓ博士は、どこにいたのでしょう？

15　秘密があばかれる

　あれは、まぎれもなく右手にふくろを持ったＳ博士でした。けれどもそのすがたは、つぎの瞬間、黄金の牙橋の下にあるドアのなかへ消えてしまいました。くろグミ団は、橋をわたってドアのまえにかけつけました。ほんの数分しかたっていません。
　「いまいましい。鍵がかかってる！」ラース警部がくやしがりました。
　「でも、これで、あのふくろの中身がなんなのか、わかったじゃないか」レオさんはそういってラース警部をなだめ、なかまたちの注意をドアの横にある小さな看板へとむけさせました。
　「Ｎ. ローザンテ　宝飾品の買い取りと販売」と書かれています。
　ラース警部が携帯電話で店に電話をかけて、伝言を残し、くろグミ団は引きあげました。するとおどろいたことに、夕方おそく、ローザンテ本人から電話があったのです。探偵たちは、ふたたび黄金の牙橋にむかいました。
　「自己紹介をしてくださいませんか、警部さん」ネリー・ローザンテは、ラース警部が信用できる人物かをたしかめてから、話しはじめました。
　「ついさきほど、わたくしはこの大事な店を危険な目にあわせるところでした。じつは、博士を名乗る見知らぬお客から、ごくめずらしい宝飾品を売りたいと持ちかけられたのです。高額商品の取り引きが予想されましたので、ドアの鍵をかけました。それで、その宝飾品なのですが……なんとキラ・フォン・カチンスキーの宝飾品だったのです！　行方不明になっている冠、ネックレス、イヤリングのセットにちがいないと、わたくしはひと目でわかりました。でもその人が交渉をはじめたので、気づかないふりをして応対しておりましたら、その人、そこの新聞記事が目にはいったようで、急に持ってきたものをかき集めて、大あわてで出ていったのです」
　「だけど、ひとつ落っことしてってね」と、フローが確信していいました。

問題▶▶フローは、なんのことをいったのでしょう？

宿屋・ブルーライト館

1　線路の障害物

「あそこにイヤリングが片方、落ちてる！　きっとあの宝飾品セットのものだよ」フローが、丸テーブルの下をさしていいました。S博士は大あわてで、落としものをしたことに気がつかなかったのでしょう。

ところがその後、S博士は宝飾品を持ったまま行方不明となってしまいました。被害をうけた骨董品収集家クリムコウスキも、どういうわけか、事件についてなにも語ろうとしません。大きななぞを残したまま、事件はいったん「未解決」のファイルにいれられました。

それから3日後。くろグミ団の子どもたちは、フローの親せきに招かれて、休暇旅行に出発しました。目指すのは、山と海、どちらのながめもすばらしいことで有名な悪僧山。

3人を乗せた車両番号537の列車は、ガタゴト、ギシギシと音をたてながら進んでいきます。トンネルの300メートルほど手前で、とつぜんけたたましい非常ベルが鳴りひびき、汽車が急停車しました。

「どうして、こんなところでとまったの？」と、カーロ。

「たぶん、もう悪僧山のなかにいるんじゃないかな」と、フロー。

「いや、まだだ。到着するのは6時すぎだろ」フィリップは腕時計を見て、それから窓の外に目をやりました。「ああ、あれのせいだ。線路の上に、丸太がたおれてる！　おや、だれか、荷物を背負って飛びおりたよ！」

問題▶▶その人物は、どこに行ったでしょう？

2　わだちをたどって

　リュックサックの男は線路からはなれて、岩のあいだをかけていきました。汽車はようやく動きだし、悪僧山駅に、45分おくれで到着しました。駅の構内を大またで歩きながらも、3人はさっきのできごとについて考えていました。
　「緊急停車のあいだに、列車から飛びおりたりする？」と、フロー。
　「うーん、べつのだれかが、前もって線路に丸太をおいたのかもしれない。事件のにおいがぷんぷんするぞ」と、フィリップがいいました。

　つぎの朝、3人はそろって問題の場所へもどって調べました。すると、フィリップの推理は正しかったことがわかりました。わきにどけられた丸太には、生々しい斧のあとがついていて、レールの上にわざとおかれたのは明らかでした。さらに、リュックサックの男がすがたを消したほうへ行ってみると、砂地の上に、ひづめと馬車の車輪のあとが見つかったのです。
　奇妙なことに、2本のわだちのうち右がわだけ、地面がするどくえぐられていました。きっと、金属ボルトかなにかで車輪を補修したのでしょう。
　探偵たちは、そのわだちをたどって、近くの海岸の村へとやってきました。そしてついに、さがしていた荷車を見つけたのです。それは、あやしげな「宿屋・ブルーライト館」のとなりにある納屋にありました。
　「おんぼろ荷車に、ひどいガラクタが山もりだ！」フローは、空箱、空き缶、古い木材、樽、つぎ当てのある布を数えあげました。
　「でも、あれは、個人の持ちものじゃない？」と、カーロがいいました。

　問題▶▶カーロは、なんのことをいったのでしょう？

3 宿屋での発見

　カーロは、Tという文字のはいった小さなふくろが、御者台に近いガラクタのあいだにまじっているのを見つけたのです。たばこいれのようです。
　「きのう汽車から飛びおりた男のものか、やつを乗せたこの荷馬車の御者のものか、どっちかじゃないかな」と、フィリップが推理しました。
　くろグミ団は、ふくろをそのままにしておきました。そのうち持ち主が取りにあらわれるだろう、と考えたのです。
　フィリップ、フロー、カーロは、運よく納屋のすぐむかいに、こわれかけた空き家を見つけ、そこにかくれて持ち主の登場を待つことにしました。ところが、気づいたときには、荷車のふくろはすでに消えていました。
　「わたしたち、目をはなしていたのは、ほんのちょっとのあいだだけよ！」カーロは腹をたてていいました。
　3人は、となりのブルーライト館へ移動しました。窓ごしに、ランプの光でわずかに照らされたパブの室内が見えます。
　「どこにでもいる、ふつうの人たちばっかり！」フィリップが、しかめっ面をしました。
　「そうだね」と、フロー。「でも、ぼくたちがさがしている人物は、このなかにいるよ！」

問題▶▶その人物は、どこにいたのでしょう？

4　秘密のメッセージ

　フローは、Tの文字のはいったふくろと、疑わしい人物を、奥のカウンターの近くに見つけていました。厚手のカーテンのうしろでパイプをくゆらせている人こそ、その持ち主にちがいありません。
　「ちぇっ、顔が見えないや！」と、フローがくやしがりました。

　つぎの日も、くろグミ団は空き家にかくれて、今度はブルーライト館と納屋の両方を見張ることにしました。宿屋には人の出入りもなく、なにも起きないうちに、日ぐれがせまってきました。
　「暗くてうす気味悪いわ。きょうは、パブはお休みみたい。これじゃあ、あのふくろの持ち主も、あらわれないわね」と、カーロがささやきました。
　そのとき、とつぜんブルーライト館の上のほうで、青いライトがパッとつきました。
　「きっかり5時だ！」フィリップが腕時計の文字盤をたしかめていいました。
　けれどもしばらくすると、ライトは消え、そのあと不規則な間隔をおいて、ついたり消えたりをくりかえし、ついに完全に消えてしまいました。
　「停電かしら？　わたしたち、原因をつきとめる必要がありそうね」と、カーロ。3人はブルーライト館にむかいました。
　「これは、停電なんかじゃない！　たぶん、だれかがライトを使って、秘密のメッセージを伝えたんだ！」雨水用のドラム缶によじのぼって、中2階のうす暗い部屋をのぞいたフィリップが、確信していいました。

　問題▶▶フィリップは、なぜそのように考えたの
　　　　でしょう？

5　とくべつなお客

　フィリップは、『モールス信号』という本が、書棚の上の段にあるのに気づいたのです。さらに、壁に電気のスイッチがあるのも見つけました。
　「見張ってて！」フィリップは友人たちにささやくと、わずかに開いていた窓から、うす暗い部屋にしのびこみました。そして、その本をつかむやいなや、アルファベットの文字に対応するモールス信号を、大いそぎでメモに書きうつしました。
　フィリップが引きあげようとしたそのとき、部屋の外で木の床がきしみ、足音がドアのほうに近づいてきました。フィリップは、心臓がとまりそうになりました。それでもなんとか音をたてずに、全速力で窓からドラム缶の上にのがれ、地面にとびおりました。
　「ふう、あぶないところだった！」フィリップは、フローとカーロといっしょにしげみのなかに身をかくし、息もたえだえにいいました。

　まもなくして、ブルーライト館のパブに、人影があらわれました。
　「あれは、たぶんここの女主人だ。さっき上の階にいたのも。この宿屋には、いまはほかにだれもいないみたいだから」と、フローがいいました。
　「でも、おかしいわね！　店をしめてるのに、あの人、お客をむかえる用意をしてる」カーロは首をかしげ、ますますあやしい宿屋を見つめました。

問題▶▶カーロは、どうしてそう思ったのでしょう？

104 - 105

6　駅の待ち合わせ

「ほかにだれかいるってこと？　目をこらしても見えないよ」と、フローがいらいらしていいました。

「でも、左のテーブルを見て！　グラスがひとつ、ふえたの。つまり、これからだれか来るのか、そうでなければ、あそこにもう１人いるか、どっちかよ」と、カーロ。

けれども、だれも、なぞの人物を直接、目にすることはできませんでした。

事態が急展開したのは３日後でした。張りこみをつづけてきたくろグミ団は、ついにブルーライト館から１人の男が出てきて、まっすぐとなりの納屋へはいっていくのを目撃しました。男は空の荷車を引きだすと、２頭の馬のうしろにつなぎました。

そして御者台にすわると、ピシッと馬へむちをあて、それーっとかけ声をかけ、猛スピードで荷馬車を走らせました。

フィリップとフローとカーロは、借りていた自転車にとび乗って、荷馬車のあとをけんめいに追いかけました。荷馬車は悪僧山駅のほうへむかっています。うしろから汽車がゴオーッと音をたてて、近づいてきます。３人は、いっそう速くペダルをこぎました。

駅に着くと、荷馬車の男はだれかを待っているようでした。

「あの男は、だれをむかえに来たのかしら？」と、カーロ。

「おかしいな！　だれも乗せずに、ほら、もう帰ってくよ」と、フィリップがいいました。

「だけど、男と会った乗客ならいたよ！」と、人ごみを観察していたフローが反論しました。

問題▶▶フローは、どの乗客のことをいったのでしょう？

7　モールス信号の青い光

　荷車に黒の三角もようの旅行かばんが積まれるのを、フローは見のがさなかったのです。さらに、荷馬車の男がだれを待っていたのかも。それは、黒いベレー帽をかぶった男で、汽車の到着後、荷馬車の男にすばやくかばんを手わたしたのです。
　「ベレー帽の男は、一瞬で用事をすませて、また同じ列車に乗っていったってことか！」フィリップが、くやしそうにいいました。
　あのかばんには、いったい、なにがはいっていたんだろう？　くろグミ団はブルーライト館までもどり、ふたたび、むかいの空き家で張りこみをすることにしました。

　20分ほどたったとき、カーロが興奮してさけびました。
　「見て、青いライトがまたチカチカしてる！」
　3人は、ついたり消えたりするライトに神経を集中させました。フィリップは、光の長さを書きとめました。

　―・―　・―　―・・・　・・　―・　　　―――　・・・　・・―　・―――　・・
　―　―――　―・―・　・・・・　・―　―・―・　・・―

　そしてすぐに、3日まえにモールス信号の本から書きうつしたメモをたよりに、解読にとりかかりました。
　「わかったぞ！」フィリップが、声をあげました。「どういうメッセージだったか、いうよ」

問題▶▶秘密のメッセージは、どんな内容だったのでしょう？

8 夕闇の訪問者

　メッセージは「KABIN　BUJI　TOCHAKU」でした。しかし、若い探偵たちには、このメッセージがなにを意味するのかも、だれにむけて送られたのかも、わかりません。3人は、ひとまずラース警部とレオさんに報告をしました。

　くろグミ団は、しんぼう強く張りこみをつづけました。夕闇がいちだんと濃くなったとき、フィリップとフローとカーロは目をこらして、暗い人影が海岸のほうからやってくるのを確認しました。

　「秘密のメッセージをうけとった相手なのか？」と、フィリップが自問しました。

　その人は近づいてきて、ブルーライト館のまえで立ちどまりました。そしてドアを3度ノックし、ドアがわずかに開くと、なかにすがたを消しました。あたりには霧が深くたちこめ、人影はぼんやりと輪郭が見えるだけでしたが、一度目にすればけっしてわすれないほど、特徴のあるシルエットでした。

　翌日、くろグミ団はぐうぜんに助けられました。朝市をぶらついているとき、カーロがうれしそうにさけびました。

　「ゆうべ、ブルーライト館に泊まった人がいるわ！」

問題▶▶その人は、どこにいたのでしょう？

9　海岸で

　野菜の屋台のうしろにいる男はきのうおそくにやってきた客にちがいない、とカーロは確信しました。男の大きなかぎ鼻やあごのかたちが、ゆうべの人影とにているだけでなく、まったく同じかっこうをしていたからです。

　「ここで、待ち合わせの約束でもあるのかな？」と、フロー。

　「さあね。だけど、行こう！　あの男、海岸のほうへ行くよ！」と、フィリップ。3人はいっしょに、あわただしく走っていく男のうしろを、距離をつめて追いかけました。

　「あの人、むこうの島にわたるんだわ」入江に着いたときに、カーロがきっぱりといいました。

　「カーロのいうとおりだね。あそこにあるのは、たぶん、あいつのボートだ」と、フローがつけくわえました。

問題▶▶そのボートは、どこにあったのでしょう？

10 むかいの島へ

　男は海辺の道を走っていきます。とがった岩が４本、海からにょきにょきと生えているあいだに、ボートの舳先と、オールが見えていました。
　「あっちだ！　いそげ！」フィリップが小さな桟橋を指さして、号令をかけました。
　３人は全速力で走りましたが、まにあいませんでした。広々とした海へとこぎだした男を、探偵たちはぼうぜんと見おくりました。
　「お手上げだわ」カーロが、あきらめ顔でいいました。
　くろグミ団は、近くを通りかかった船乗りに、自分たちをむかいの島まで乗せていってくれるよう、たのみました。
　「きょうは波が荒いから、行けないよ」と、その船乗りは首を横にふりました。それでも、子どもたちの熱意におされて、片道だけという条件で、しぶしぶボートを出してくれました。
　３人を島までぶじにはこんだあと、ボートはさっさと引きかえしていきました。
　「どう思う？　宿屋からのモールス信号の光が、こっちまでとどくかしら」けわしくせまい道をのぼりながら、カーロがなかまたちに問いかけました。
　「とどくんじゃないかな。それにここには、かくれ場所がたくさんある。正体を知られずに信号だって送りかえせるよ」と、フローがいいました。
　「カーロも、フローも、さすがするどい！」と、フィリップ。「ほら、あそこ！　じっさいに信号を送った証拠もあるよ！」

　問題▶▶どんな証拠を、フィリップは発見したのでしょう？

11　金のニシン

　フィリップは、海に面した岩穴の近くに、懐中電灯が落ちているのに気づいたのです。視線を海のほうへむけると、そこからは対岸の陸地を一望することができます。おや！　真正面には、なんとブルーライト館が見えています。

　そのときとつぜん、フィリップの携帯電話が鳴りました。

「なんだろう？」

　それはラース警部からでした。おどろいたことに、ある女性が、くろグミ団に緊急に会いたいと連絡してきたというのです。その女性は、島にある「金のニシン」という噴水で3人を待っている、ということでした。

　「すぐに行こう！　その人、ブルーライト館について、なにか知ってるかもしれないぞ」フィリップは大はりきりです。

「でも、ぼくたち、その女の人がわかるかな？」と、フロー。

「その人、名前はいわなかったけれど、右のほおに、すごく大きなほくろがあるんだって」と、フィリップが答えました。

　15分後、くろグミ団は島の中心部にある噴水に到着しました。ところが、自分たちを待っているようすの女性は見あたりません。

「気が変わったのかな」と、フィリップ。

「そんなことない。あそこにいるわ！」カーロはそういって、さがしている相手をさし示しました。

問題▶▶その女性は、どこにいたのでしょう？

12 なぞめいた指示

「あの人が、きっとそうだわ!」カーロは、レストハウス左手の木かげのテーブルにむかって、まっすぐに進みました。
　ところが、ようすがへんです。女性はやけに眠そうで、わけのわからない言葉を口ごもるばかりでした。くろグミ団はとまどいました。
　「この人、だれかに睡眠薬を飲まされたんじゃないかな?」と、フィリップは推理しました。直前まで同じテーブルにすわっていただれかが、一瞬のすきをついて、女性の飲みものに薬をいれたにちがいない。でも、いったい

だれが? それらしい人は、どこにも見あたりません。
　女性は、くろグミ団に必死になにかを打ち明けようとしていました。
　「さがしてー　あのー　いえー　くろいー　とかげ!」
　フィリップ、フロー、カーロは、かたずを飲んで、切れぎれの言葉に耳をすませました。

　「ぼくは、あの人がなにをいってたのか、さっぱりわからなかった」女性とわかれたあとで、フィリップがいいました。
　「あの人は、きっとなにか重大なことを、わたしたちに知らせるつもりだった。それがわざわいして、とんでもないことに巻きこまれたのかも……」カーロは同情するようにいいました。
　海岸へもどるとちゅう、3人はある集落を通りかかりました。そのとき、フローがとつぜん、うれしそうな声をあげました。
　「やあ、ぼくには、たったいまわかったよ、さっきの人がなにをいいたかったのか! そして、ぼくたちはいま、どこへ行くべきかも!」

問題▶▶フローは、なにに気がついたのでしょう?

13　黒トカゲ

「黒いトカゲの家をさがしてって、いったんだ！」フローは、目からうろこが落ちる思いでした。それとぴったり合う家があったのです。「見て、あの家だ。いそごう！」フローは5番の家の右奥を指さしました。

「ほんとうに、黒トカゲね」家のまえで壁を見あげ、カーロが感心していいました。「まるで左右対称の鉄のかざりみたいに見える。よくよく注意しないとわからないわ」

フィリップは、なにやら考えこんでいます。

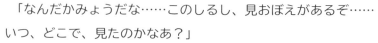

「なんだかみょうだな……このしるし、見おぼえがあるぞ……いつ、どこで、見たのかなあ？」

「ここには、だれもいないみたいだよ！」窓から家のなかをうかがっていたフローの声が聞こえました。そのときです。

「あ、あれだ、思い出した！　あのときの黒トカゲだ！」とつぜん霧が晴れたように、フィリップが顔をかがやかせました。「おぼえてないかい？　半年前に起きた盗難事件。有名な彫刻家ルートヴィヒ・ブレンナイゼン（Ludwig Brenneisen）作の花びんが、ギャラリー・サムソンからぬすまれたよね。窃盗団『黒トカゲ』の犯行と断定されたにもかかわらず、犯人も、ぬすまれた花びんも、いまだ見つかっていない……」

フィリップの話に、カーロとフローは大きくうなずきました。

「いまぼくたちが追っているあやしい人物たちは、その黒トカゲと関係があるにちがいないよ」そういうと、フィリップも窓から家をのぞきこみました。そして、さけびました。「疑惑どころか、ドンピシャリだ！　底のサインからすると、あれはぬすまれた花びんの可能性があるぞ！」

問題▶▶フィリップは、ぬすまれた花びんらしきものをどこに見つけたのでしょう？

14 ニセモノ作りの工房

「ごらんよ、あの花びんの底に、彫刻家のイニシャル"L. B."がある！」フィリップは興奮がおさまりません。いま、目のまえのはしごのかげにたおれている花びんは、ギャラリー・サムソンからぬすまれた花びんなのでしょうか？　そうだとしたら、とんでもない発見です！

くろグミ団は家に足をふみいれました。そして、部屋のすみに、黒の三角もようの旅行かばんを見つけました。

「おっと、これは、荷馬車の御者が悪僧山駅でうけとったかばんだ！」と、フローが断言しました。カーロはさっそく、かばんの中を調べました。

「からっぽでーす！　はいっているのは、小さな陶器のかけらひとつ」

「それ、ちょっと見せて」と、フィリップ。「なるほど、これは花びんの耳の一部にまちがいないよ！」そういうと、ズボンのポケットにかけらをすべりこませました。

「残念、ハズレ！」と、カーロ。「この花びん、どこも欠けてませーん」

そのとき、はしごをのぼっていたフローがさけび声をあげました。

「ひゃあ！　2人とも来て！　早く！」

なんという光景でしょう！　花びん、花びん、同じ花びんが、ところせましとならんでいたのです。しかも、どの花びんの底にも"L. B."の文字が！

「なんてこった！　敵は、美術品どろぼうと、ニセモノ作り、両方をやってのける大悪党だ！」フローが大きく息をはきました。

「そういうことか！」と、フィリップ。「本物の花びんは、三角もようの旅行かばんで、ブルーライト館に運びこまれた。あのときのモールス信号はそれを知らせたんだ！　そのあと、耳がちょっと欠けちゃったけどね」

「あったわ！」と、カーロ。「あそこに、本物がある！」

問題▶▶本物の花びんは、どこにあったのでしょう？

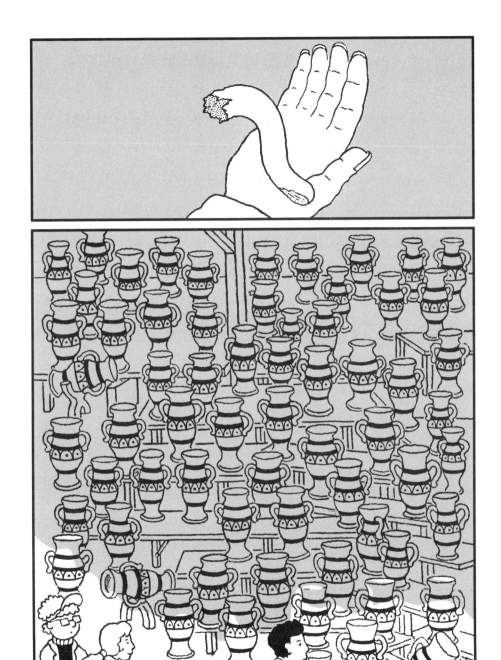

15　しっぽはつかんだ？

　柱の右、うしろから2列目に、片方の耳が欠けた花びんがありました。まさしく彫刻家ルートヴィヒ・ブレンナイゼン作のオリジナルです。
　「さっきのかけらも、ぴったり合うよ！」と、フィリップがみとめました。
　そのとき「しーっ！」と、フローがささやきました。下から声が聞こえたのです。3人はとっさにテーブルクロスのかげにかくれ、息をひそめました。
　「おまえ、ほんとうに、よくさがしたのかよ？」
　「もちろんです、ボス。でも、あのかけら、どこにも見つからなくて」
　「このまぬけが！　最終チェックのために本物をわざわざここに運ばせたってのに、そいつが無事じゃないとはな！　もとどおりにしろよ」ボスとよばれた男がはねつけます。「けど、あの女はヤバかったな。サツにもれたかもしれねえ。おい、いいか、いまからここの花びんを全部、運びだせ。あの本物だけはべつだ。この世にたったひとつの、だいじな金づるだからな！」
　フィリップは、男たちの顔をちらっと見て、ピンときました。ボスは荷馬車の御者で、もう1人は、かぎ鼻の男だったのです。
　3本の黒い帯のあるニセモノの花びんが運びだされているあいだに、くろグミ団はかくれ場所から、ラース警部とレオさんにメールを送りました。まもなく、ラース警部から連絡をうけた地元の警察がかけつけました。

　「ルートヴィヒ・ブレンナイゼンの花びん、ついに発見！」「黒トカゲ逮捕で、大量の模造品を押収」「ブルーライト館、一連の犯罪に関与か」「悪僧山に滞在中のくろグミ団が事件解決に貢献」……新聞には連日にわたって記事がのりました。噴水で3人をよびだした女性は、じつは彫刻家の娘で、父親の芸術作品を犯罪から守りたかった、とのちに語りました。
　ところが数週間後、骨董品フェアの会場で、フローは目を丸くしました。

　問題▶▶フローは、なにを目にしたのでしょう？

16 ラスト・ワン

「黒トカゲは、まだ全員、つかまってなかったのか！」フローは、自分の目を疑いました。彫刻家ルートヴィヒ・ブレンナイゼンの花びんのニセモノが、売りにだされていたのです！ 看板の下の非常口横で、キャップ帽をかぶったジャンパーすがたの男が販売していました。

「まったく用心深いやつだ。きっと、マスコミのさわぎが落ちつくのを待って、こっそり売りにだしたんだろう！」

「でもあのとき、ニセモノは全部、押収されたはずでしょ？」と、カーロ。

「どういうわけか、ひとつだけ、残ってたみたいだね」フィリップはそういうと、一瞬もためらうことなく、ラース警部とレオさんに通報しました。

こうしてニセモノのさいごのひとつと、黒トカゲ一味のさいごの1人は警察ゆきとなり、事件は幕を閉じたのでした。

つぎの日の午後、なかよし3人組は本部の「ハトの心臓」で宿題をしていました。とつぜんフローがえんぴつを投げだして、いいました。

「やっぱり、あの未解決事件が気になるなあ」

するとフィリップも、「S博士と宝飾品セット、それとクリムコウスキさんをむすぶ糸が、いまだになにも見つからないなんて！」と反応しました。

「あのイヤリング、きれいだったわねえ。残りの宝飾品は全部、S博士にさらわれたまんまよ」と、カーロがため息をつきました。

近い将来、またS博士を追うことになろうとは予想もしてないくろグミ団でした。

つづきは、『くろグミ団は名探偵 消えた楽譜』で。おたのしみに！

くろグミ団は名探偵 S博士を追え!
　　　　　　　　　　ユリアン・プレス作・絵

　　　　2018年8月24日　第1刷発行
　　　　2020年7月6日　第2刷発行

訳　者　大社玲子

発行者　岡本　厚

発行所　株式会社 岩波書店
　　　　〒101-8002 東京都千代田区一ツ橋2-5-5
　　　　電話案内 03-5210-4000
　　　　https://www.iwanami.co.jp/

印刷・理想社　カバー・半七印刷　製本・中永製本

ISBN 978-4-00-116017-8　NDC943　128p.　23cm　Printed in Japan

◆ 絵解きミステリーで探偵力アップ！ ◆

岩波少年文庫
くろて団は名探偵
ハンス・ユルゲン・プレス 作　大社玲子 訳
小B6判・並製　　本体680円

くろグミ団は名探偵
- カラス岩（いわ）の宝物（たからもの）
- 石弓（いしゆみ）の呪（のろ）い
- 紅（べに）サンゴの陰謀（いんぼう）
- Ｓ（エス）博士（はかせ）を追（お）え！
- 消（き）えた楽譜（がくふ）

菊判・並製・128頁
各本体1300円

ユリアン・プレス 作・絵　大社玲子 訳

岩波書店　定価は表示価格に消費税が加算されます。　　　2020年7月現在